Mariane Sophie Weikard

Die Kriegslist

Lustspiel in einem Aufzug

Mariane Sophie Weikard

Die Kriegslist
Lustspiel in einem Aufzug

ISBN/EAN: 9783743354173

Hergestellt in Europa, USA, Kanada, Australien, Japan

Cover: Foto ©Andreas Hilbeck / pixelio.de

Manufactured and distributed by brebook publishing software (www.brebook.com)

Mariane Sophie Weikard

Die Kriegslist

Die Kriegslist,

ein Lustspiel in einem Aufzuge.

Von

Mariane Sophie Weikard.

Für das kaiserl. königl. National-Hoftheater.

Wien, 1792.
Gedruckt mit Oehlerischen Schriften.

Personen.

General von Dallhof.

Emilie, seine Tochter.

Antonie, seine Nichte und Mündel.

Hauptmann von Wimberg.

Baron Ottenthal.

Ein Adjutant.

Ninette, Kammermädchen der Fräulein.

Ludwig, des Generals Bedienter.

Die Handlung ist Anfangs in des Generals, am Ende in des Baron Ottenthals Wohnung.

Erster Auftritt.

Ein Zimmer mit zwey Seiten und einer Hauptthür.

Der General (sitzt an einen Tisch und raucht Tobak,) hernach Ludwig.

Wahrlich, der Himmel hat uns in unsrer Zeit die egyptischen Plagen durch die Weiber reichlich gegeben; besser eine feindliche Kugel im Kopfe, als ein Weib im Hause. — — Freylich, als ich ein achtzehnjähriger Fähndrich war, da schlug mein Herzchen hoch empor, wenn mir ein so rothwangigtes Geschöpf in den Wurf kam: — bey meiner Seele, ich glaube, ich hätte damals alle zusammengeheurathet; — als ich Hauptmann war, nahm ich schon mit einer verlieb. Es war gerade keine von den schlimmsten, aber — — doch der Himmel schencke ihr Frieden, ob sie gleich im Hause nicht viel darauf hielt. Morgens machten mit Traktaten, die sie am Mittage schon wieder gebrochen hatte.

Ludwig, (kömmt:) Der Herr Hauptmann von Wimberg.

General. Hast du gesagt, daß ich zu Hause sey?

Ludwig. Ja Euer Excellenz.

General. Dumm genug. Laß ihn herein kommen.

Ludwig (geht ab.)

General Donner und's Wetter! Was soll ich ihm nun sagen? — Ein sauberer General, der nicht einmal Subordination in seinem Hause hält.

Zweyter Auftritt.

Hauptmann, General.

Hauptm. Verzeihen Sie meiner Ungeduld, mein väterlicher Freund, daß ich schon so früh komme.

General. Guten Morgen Hauptmann.

Hauptm. Sie hatten die Gnade mir gestern — —

General. Was giebts neues beym Regiment?

Hauptm. Herr General!

General. Nun?

Hauptm. Ich weiß nicht — — —

General. Pfui! Das muß kein Soldat sagen, er wüßte nicht, was beym Regiment vorgeht.

Hauptm. (für sich:) Ich begreife ihn nicht; (laut) Es wird Ihnen beym Rapport gemeldet werden, daß der Fähndrich Klingstein seit gestern Abend nicht zu finden ist.

General. Beym Teufel! Wohl gar durchgegangen?

Hauptm. So ist's!

General. Mag er laufen, so hab ich eine Memme weniger. Aber was wird nun die arme Majorinn anfangen?

Hauptm. Auch sie ist verschwunden.

General. Bravo, also eine empfindsame Reise? Was macht der Major?

Hauptm. Er wünscht beyden eine glückliche Reise.

General. Das ist recht. Ich bin einen Marzipan Soldaten los, und er eine unerträgliche Närrin. Wollen wir ja die Stelle wieder besetzen, so giebts ähnliche Subjecte noch genug. — Weiter nichts?

Hauptmann (bescheiden.) Ich kam jetzt nicht zu meinem Chef, sondern zu meinem zweyten Vater.

General. So? Nun da muß der Vater ja wohl fragen, was der Sohn verlangt?

Hauptm. Sie hatten die Güte, mir zu versprechen — —

General. Versprechen? Mir ahndet so etwas, daß ich vielleicht mehr versprochen habe, als ich halten kann.

Hauptm. Von dem General Dallhof wird das Niemand zu sagen wagen.

General. Ja, sehen Sie nur, lieber Hauptmann, der General Dallhof wagt es selbst, das zu behaupten. Ich bin General, also des Befehlens gewohnt, und da denke ich immer nicht gleich daran, daß es manche Fälle giebt, in denen es sich nicht so ganz gut befehlen läßt.

Hauptm. Das wohl, aber — — —

General. Wo nicht befehlen gilt, darf man doch rathen: wollen Sie sagen? — Hören Sie; als ich Hauptmann war, wurde ich auf Werbung geschickt; ich kannte die Werbungskniffe, aber ich verachtete sie; wurde mir ein Kerl gebracht, so fragte ich ihn: willst du Soldat werden? — Weißt du auch, was bey diesem Stande zu beobachten ist? Ich sagte ihm dann alles, was er gutes zu erwarten hätte, aber ich vergaß auch die Prügel nicht. Scheint dir dies annehmlich, so werde Soldat, gefällt es dir nicht, so laß es bleiben. Sehen Sie, so sprach ich mit meinen Rekruten — und ich weiß gewiß, daß keiner meiner Soldaten hintennach sagte: der Teufel hat uns angeworben.

Hauptm. Darf ich um die Anwendung bitten?

General. Sie liegt Ihnen wohl deutlich genug vor Augen. Sie wollen meine Nichte haben; auf Ihr Ersuchen versprach ich, Sie Ihnen zu werben; ich sprach mit ihr, wie mit einem Rekruten, des Guten und der Prügel des Ehestands nicht zu vergessen. Konnte ich anders handeln? Kurz, lieber Hauptmann, werfen Sie ihr Netz auf eine andere Seite.

Hauptm. Sie will mich nicht?

General. Da haben Sie Ihre Antwort wörtlich errathen. Es ist mir leid, aber was soll ich thun? Tausend Köpfe wenden sich nach meinem Wink, und ein einziger Weiberkopf steht bey allem kommandiren doch wo er stehen will. Ich rathe Ihnen als wahrer Freund, beurathen Sie nicht. Der Ehestand ist ein Rosengarten, in der Ferne gar lieblich anzuschauen, kömmt man ein wenig näher, so sieht man schon die Dornen: ein Weilchen darauf verwelken die Rosen und dann sitzt man unter lauter schmerzhaften Dornen. Freund, ich spreche aus Erfahrung.

Hauptm. Hatten Sie nicht auch einen Freund, der Ihnen in meiner Lage diese Vorstellung machte?

General. Ich fühle den Stich. Die Mutter sagt: Tochter, heurathe nicht! — Ey Mama antwortet die Tochter, warum haben Sie denn geheurathet? So viel wollen Sie mir auch sagen. Je nun, heurathen Sie in Gottesnamen, denn werden Sie rathen, wie ich, und eine Antwort bekommen, wie ich.

Hauptm. Von Antonien hätte ich also gar nichts zu hoffen?

General. So scheints.

Hauptm. Unbegreiflich! Und sie hörte doch das Geständniß meiner Liebe an.

General. Machte sie Ihnen Hoffnung? Dann soll sie sie erfüllen, so wahr ich Dallhof heiße.

Hauptm. Hoffnung, nicht, aber sie schien mir doch geneigt zu seyn.

General. Schien? — Weiter nichts, als schien? Du lieber Gott, was können die Weiber nicht alles scheinen! Sie sind auch nur ein bloßer Schein. Aber wie? — Wenns auch nur Schein wäre mit der abschlägigen Antwort? (sinnt nach:) Da hab ichs gefunden. Wir wollen sehen, ob ein alter erfahrner Krieger nicht den Schlüssel zu dem Weiberräthsel finden kann. Ich habe ja wohl manchmal im Felde einen ganzen Kriegsrath einen Strich durch die Rechnung gemacht, ich will doch sehen, ob ich mit einer gut gewählten Kriegslist nichts gegen ein Weib vermag? Siegen wir, junger Mann, so rufen wir bald bey der Verlobung ein frohes Viktoria.

Hauptm. Wenn aber der Sieg nicht auf unserer Seite ist?

General. So denken wir auf sichern Rückzug. Sie müssen jetzt nichts fragen, ich bin bald bey Ihnen, um Sie mit Ihrer Rolle bekannt zu machen. Verwundern Sie sich über nichts, was ich mit Ihnen vornehmen werde. Ninette soll mein Spion werden. (er klingelt.) Erschrecken Sie nur nicht, Hauptmann.

Ludwig. (kömmt.)

General. Ist der Adjutant da?

Ludwig. Ja, Euer Exzellenz.

General. Er soll kommen, — ruf auch meine Nichte, — gleich soll sie kommen, hörst du?

Ludwig (geht ab.)

Hauptm. Der Adjutant und Antonie zugleich?

General. Freylich zugleich: ich will Ihnen den Degen abnehmen lassen, — meynen Sie nicht? Jetzt, wie ich Ihnen gesagt habe: nur nicht gefragt und nicht verwundert: Ich habe Sie um Ihres braven Vaters und Ihres guten Karakters willen lieb. Ihr Vater leistete mir manchen wichtigen Dienst, ihm konnte ich nicht, aber dem Sohne hoffe ich meine Schuld abzutragen.

Hauptm. Sie sind so gütig.

Dritter Auftritt.

Adjutant, Vorige.

General. Ah schon hier, Herr Adjutant?

Adjutant. Auf Befehl des Herrn Generals.

General. Herr Hauptmann, erwarten Sie meine Ordre hier; — Sie Herr Adjutant kommen mit in mein Kabinet, ich habe einige Worte mit Ihnen zu sprechen. (Beyde gehen durch die Seitenthür rechter Hand ab.)

Vierter Auftritt.

Hauptmann allein.

Antonie schlägt meine Hand aus? — Sonderbar! Und doch schien ihr meine Aufmerksamkeit angenehm zu seyn. Aber der alte General sagte: was können die Weiber nicht alles scheinen? Ha beynahe glaube ich es auch. Antonie! Du fachtest die glimmende Kohle zur Flamme an, du entlocktest mir das Geständniß meiner Liebe; waren das blos Künste einer Kokette, die gerne noch einen Sklaven an ihren Triumphwagen fesseln wollte, — so werde ich dich verachten lernen.

Fünfter Auftritt.

Antonie, Hauptmann.

Antonie. Ah bon jour, Monsieur (sieht sich um.) Ich komme eiligst, bin beordert eiligst zu kommen, und nun beliebt es dem Herrn General, mich zum besten zu haben. Oder sollte ich Ihrentwegen hieher kommen?

Hauptm. (küßt ihr die Hand.) Erlauben Sie, mein Fräulein, daß ich Sie bis zur Zurückkunft Ihres Onkels unterhalten darf?

Antonie. Ach nein, Herr Hauptmann, Sie verstehen gar nicht, eine Dame zu unterhalten.

Hauptm. Wollen Sie nicht das Thema zu einer angenehmen Unterhaltung angeben?

Antonie. Welche Forderung! Doch ich will ein Thema angeben. Erzählen Sie mir wie viele Lorbeerblätter Sie schon eingeärndtet haben, — wie viele Siege Sie schon in Friedenszeiten erfochten haben?

Hauptm. (bitter) Gnädiges Fräulein, die Beschreibung meiner Siege in Friedenszeiten möchte Ihnen nicht sehr unterhaltend seyn, den ich besiegte bis jetzt nur Spötter, die ich mit ihren eigenen Waffen zurückschlug. Befehlen Sie etwas von Wetter, vom letzten Ball, von der künftigen Maskerade?

Antonie. Fi, lauter albernes Zeug, verjährte und untüchtige Kunstgriffe gegen die Langeweile.

Hauptm. Belieben Sie vielleicht zu lästern?

Antonie. Ach ja, lästern! Lästern ist die Seele aller Gesellschaften, es ist eine unerschöpfliche Quelle, — ein Universalmittel gegen die Langeweile, und gegen das tödtende Einerley.

Sechster Auftritt.

Adjutant, Vorige.

Adjutant. Verzeihen Sie, gnädiges Fräulein, daß ich in Ihrer Gegenwart meinem Befehle gemäß handeln muß. — Herr Hauptmann, es ist mir sehr unangenehm, aber auf Ordre des Herrn Generals muß ich um Ihren Degen bitten.

Antonie. Des Hauptmanns Degen?

Hauptm. (gibt ihm seinen Degen.) Hier, Herr Adjutant. — Gnädiges Fräulein, ich wünsche Ihnen eine bessere Unterhaltung, als die meinige. Kommen Sie, Herr Adjutant. (Beyde gehen ab.)

Antonie (sieht ihnen erstaunt nach.) Was ist das? Träume ich? Nein ich wache und der Hauptmann ist arretirt. Seltsam, wie das zusammenhängen mag? — Der alte General macht doch wunderliches Zeug! Gestern wollte er mir ihn zum Manne aufschwatzen, und heute schickt er ihn in Arrest. Ein wahres Räthsel! Der arme Hauptmann dauert mich.

Siebenter Auftritt.

Emilie, Antonie.

Emilie. (Kömmt zur Thüre rechter Hand herein.)
Antonie. Emilie, weist du schon?
Emilie (schnell auf einander.) Wie, du weist auch schon?
Antonie. Daß der Hauptmann. —
Emilie. Der Fähnbrich und die Majorinn;
Antonie. Im Arrest.
Emilie. Ach nein, durchgegangen.
Antonie. Durchgegangen?
Emilie. Freylich mit der Majorinn.
Antonie. Nicht möglich, denn eben erst nahm ihm hier auf diesem Fleck der Adjutant den Degen ab.
Emilie. Eben erst? Ha ha ha ha ha! Und gestern Abend fuhr er mit einem sechsspännigen Wagen zum Thore hinaus.

Antonie. Du bist nicht klug, es sind kaum drey Minuten, daß er von mir gieng.

Emilie. Es sind gerade zwölf Stunden, daß er zum Thore hinausfuhr.

Antonie. Wer fuhr zum Thore hinaus?

Emilie. Der Fähndrich Klingstein. und die Majorinn.

Antonie. Ach, nun kannst du Recht haben. Ich sprach vom Hauptmann Wimberg.

Emilie. Ist der auch fort?

Antonie. Leider im Arrest.

Emilie. Nur im Arrest? Da wird er schon wieder kommen.

Antonie. Er wird wiederkommen? — Ein schöner Trost.

Emilie. (satyrisch klopft ihr auf die Schulter.) Brauchst du Trost Mühmchen? wegen des Hauptmanns Arrest?

Antonie. Ich nicht — o ganz und gar nicht, was kümmert mich der Hauptmann?

Emilie. Das denke ich auch. Einige Stunden, oder einige Tage beym Profoßen werden ihm gar nicht schaden.

Antonie. Aber bey dem herrlichen Wetter in der Stube sitzen zu müssen, ist doch grausam.

Emilie. Apropos, wie gefällt dir mein Baron?

Antonie. Wenn er dir gefällt, ists schon genug.

Emilie. Du mußt doch eingestehen, daß er ein paar allerliebst schmachtende Augen hat.

Antonie. Welcher Verliebter hat die nicht, wenn er nicht gar ohne Augen gebohren ist?

Emilie. Glaubst du wohl, daß ich ihn nicht lange mehr werde seufzen lassen?

Antonie. An deiner Gutherzigkeit hab ich noch keinen Augenblick gezweifelt.

Achter Auftritt.

General, Vorige.

General. Ah, hier wird grosser Rath gehalten?

Emilie. Errathen, Papachen, wir schwatzten hin und her, vom Fähndrich und der Majorinn, von meinem Baron und Antonie sprach nur vom arretirten Hauptmann, — sie mögte gerne wissen, warum er arretirt sey? — Ich mögte es auch wissen. — Sie können uns wohl den besten Aufschluß darüber geben.

General. Das schwatzt und schwatzt! —

Geh auf dein Zimmer, Emilie, ich habe mit Antonien zu reden.

Emilie. Sie haben mit Antonien zu reden, und ich soll's nicht hören? Nein Papachen, das ist unmöglich, — ich kann nicht gehen.

General. So werde ich dich zur Thüre hinausführen, wenn du nicht gehen kannst.

Emilie. Und ich bleibe am Schlüsselloch, stehen.

General. Die Neugierde will ich dir abgewöhnen.

Emilie. Abgewöhnen? Als ob sich das abgewöhnen ließe? — Ey, Papachen, wissen Sie denn nicht, daß Neugierde dem weiblichen Geschlechte angebohren ist? Es ist ja bekannt, daß unsere Stammutter, die erste Neugierige war und daß alle ihre Töchter durch tausend und wieder tausend Generationen von ihr erben.

General. (führt Emilien in das Kabinet linker Hand und schließt zu.) Jetzt Antonie komm auf diese Seite, damit sie uns nicht hört.

Antonie. Sie sind ja so geheimnißvoll, daß mir ganz bange wird.

General. Fürchte nichts. Ich machte dir gestern einen Heurathsantrag wegen dem Haupt-

B

mann von Winberg, — du schlugst ihn aus, bleibst du noch bey diesem Entschlusse?

Antonie. Freylich.

General. Du giebst ihm also gar keine Hoffnung, daß er mit der Zeit deinen Besitz erwerben könnte?

Antonie. Keine.

General. (umarmt sie.) Ich danke dir liebe Nichte, für dieses Keine, ich werde dich beym Wort halten.

Antonie. Sie danken mir? Schien Ihnen doch meine abschlägige Antwort gestern nicht so viel Vergnügen zu machen.

General. Weil ich dir nicht traute. Ich glaubte, es sey bloßes Mädchen Geziere, — jetzt sage ich dir aufrichtig, ich wünsche diese Verbindung nicht, — ich würde sie nicht einmal zugegeben haben. Der Hauptmann ist bis über die Ohren in dich verliebt, ich merkte es und neckte ihn damit, er gestand mir, daß er ohne dich nicht leben könnte und bat um mein Vorwort und meine Einwilligung, — ich gab ihm Hoffnung, — — daß ich dir den Antrag machte, geschah blos, um deine Gesinnungen zu erforschen.

Antonie. Aber warum schickten Sie ihn in Arrest?

General. Das ist recht mit Bedacht geschehen. Ich überreichte ihm sein Körbchen mit Vorsatz eben nicht sehr fein, — seine zernichtete Hoffnung machte ihm seine Pflichten vergessen, er warf mir Wortbrüchigkeit vor, beynahe wärs noch weiter gekommen, hätte ich mich nicht entfernt. — Und nun soll er so lange im Arrest bleiben, bis du verheurathet bist, er könnte uns sonst verzweifelte Streiche machen, — ein Verliebter ist zu allem fähig.

Antonie. Das wird so geschwind nicht gehen, wenn ich heurathen soll, so muß ich mir ja vorher einen aussuchen.

General. Aussuchen? Das ist keine Arbeit für ein junges Mädchen, ich habe schon für dich gewählt.

Antonie. O weh! Da werde ich wohl rebuxiren müssen.

General. Das wirst du wohl bleiben lassen, Nichte. Der junge Baron Wicht ist ganz der Mann für dich.

Antonie. O Himmel! Das Schafsgesicht!

General. Das ist ja euer Wunsch, wenn ihr den Mann so recht nach euren Launen ziehen könnt, — Wicht, wird dir immer folgen.

Antonie. Freylich! aber Sie wissen doch, daß der Triumph viel grösser ist, wenn man einen wichtigen Feind besiegt, als so eine Memme.

General. So ganz übel ist er doch nicht; er ist reich, und seine Familie ist eine der ältesten.

Antonie. Auch eine der zahlreichsten, denn Wichte findet man an allen Orten.

General. Nun, wenn du ihn gar nicht magst, so sey es.

Antonie. Tausend Dank, Herzens Onkelchen!-

General. Ich weiß einen bessern Mann für dich.

Antonie. Schon wieder? Ich glaube, Sie haben ein ganzes Schock Ehestands Kandidaten in petto. — Und wer ist der andere?

General. Mein Freund, der Rittmeister Rummert.

Antonie (schüttelt sich.) Der alte Husar mit dem großen Schnurbart? Ich mag keinen Schnurbart zum Manne.

General. Närrchen! — Wer viel Bart hat, hat auch viel Verstand.

Antonie. Wirklich? Da muß unser Kutscher, denn Sie immer den dummen Hanns nennen, mehr Verstand haben, als die Welsen in Griechenland, aber ich will ihn nicht, — ich will ihn nicht! — Ich würde den Rittmeister in meinem Leben nicht einmal küssen können, — nein — nein.

General. Kleiner Eulenspiegel mach mich nicht wild! Parirt mir doch ein ganzes Regiment baumstarker Kerls, so werde ich dich doch auch Subordination lehren können?

Antonie. Ich zweifle!

General. Willst du das Maul halten?

Antonie. Ich? — Ich ein Mädchen und soll nicht plaudern? — Das ist eine Unmöglichkeit — und den Rittmeister mag ich nicht, auch wenn ich gar keinen bekommen sollte.

General. Das soll dir auch werden. Den Rittmeister, oder gar keinen. — Verstehst du mich? — Gar keinen.

Antonie. Je nun, wenns nicht anders ist, so trag ich mein Schicksal mit Geduld, ich bin ja, Gott sey Dank! — nicht die Einzige.

General. Bis Morgen hast du Bedenkzeit; ich hoffe, du wirst klug seyn, (er geht ans Kabinet, schließt auf und führt Emilien mit sich fort.)

Neunter Auftritt.

Antonie allein, in der Folge Ludwig.

Der alte Bösewicht! Schöne Dinge, die

ich da erfahre! — Seht doch den Mann, der sich so viel auf sein gutes Herz zu gute thut! Ey, ey, Herr General, Sie haben sich garstig verrathen! Der arme Hauptmann! Wie er mit ihm umgesprungen seyn mag? — Mich wollte er auf die Probe stellen? — Mich? O ich fühle einen unwiderstehlichen Drang mich zu rächen, wie werde ichs anfangen? Bis morgen habe ich Bedenkzeit, eine kurze Frist für eine wohlconditionirte Intricke! — Aber bin ich nicht ein Mädchen? — Und ein Mädchen mit Verstand? — Was ist da nicht zu machen? — (sie sinnt nach) Ha! nicht nachdenken, — ich will handeln, wie es die Laune jeder Minute will. (Sie klingelt, Ludwig kömmt.)

Ludwig. Was befehlen Euer Gnaden?

Antonie. Ruf er mir Ninnetten.

Ludwig (geht ab.)

Antonie. Ja so seys. (sie setzt sich, und schreibt) „Mein Herr! Ich weiß, daß „Sie meinetwegen mit dem Generalen Ver„druß hatten; der Ausgang desselben Ihr „Arrest, war mir sehr unangenehm. Ich „bitte Sie, nur nicht zu glauben, daß ich an „der Unart meines Onkels den geringsten „Antheil hatte, — Ich selbst leide jetzt da„für. Er will mich zwingen, Morgen dem

„Rittmeister von Rummert meine Hand zu ge-
„ben, aber ich werde dieses ungereimte Be-
„gehren nie erfüllen. Hätte ich doch jetzt ei-
„nen Freund der mir einen vernünftigen Aus-
„weg zeigte.„ Holla heißt das nicht beynahe
so viel, als ob er der Freund seyn sollte? —
— Mags so heissen; — jetzt weiter. „Doch
„werde ich lieber alles wagen, als das Opfer
„der Grille eines Mannes werden, dem ich
„meine Achtung entziehen muß. Ich hoffe Ih-
„nen bald mündlich versichern zu können, daß
„ich mit ungeheuchelter Achtung bin
Ihre ergebene
Antonie Dallhof.
(sie steht auf und legt den Brief zusammen.) Toll genug ists, daß ich geschrieben habe, aber, zwingt man mich nicht dazu, tolles Zeug zu machen? Und eine solche
Gelegenheit läßt kein Mädchen ungenützt vor-
über gehen. (sie sinnt nach.)

Zehnter Auftritt.

Ninnette, Antonie.

Ninnette. So in Gedanken, gnädiges
Fräulein?

Antonie. Ja wohl so in Gedanken.

Ninnette. Ich weiß wohl, warum?

Antonie. Du weißt es?

Ninnette. Freylich. Fräulein Emilie hat mir erzählt. ———

Antonie. Daß ich heurathen soll?

Ninnette. Daß der hübsche Herr Hauptmann im Arrest sey.

Antonie. Das ist lange das schlimmste nicht. — Denke! Ich soll den Rittmeister von Rummert heurathen.

Ninnette. Heurathen? — Gott bewahre, ein so schönes Fränlein vor dem häßlichen, alten Thiere! Nein lieber wollte ich ewig Jungfer Ninnette bleiben, als durch diesen Mann Frau Rittmeisterinn werden.

Antonie. So denke ich auch. — Hier Ninnette, diesen Brief bringe an den Hauptmann.

Ninnette. Ich, gnädiges Fräulein, — ich mit diesem Briefe zum Profoßen gehen? Bedenken Sie nur selbst, — das geht ja nimmermehr.

Antonie. Närrinn! — Warum nicht? Ich finde nichts unschickliches dabey. (sie giebt ihr Geld.) Da hast du etwas auf den Weg.

Ninnette. Danke! — Sie haben Recht, es kömmt alles auf die Art an, wie man die

Dinge betrachtet, ich gehe ja nicht zum Profoßen, sondern zum Herrn Hauptmann.

Antonie. Da du dich so gut überzeugen läßt, so hoffe ich viel von dir — und wenn du dich recht eifrig bezeigst, so sollst du ein ganz neues, seidenes Kleid bekommen.

Ninnette (küßt ihr die Hand.) Gar zu gnädig! — Sie sollen mit mir zufrieden seyn, — und um Ihnen den ersten Beweiß zu geben, — doch darf ich fragen, von was für Farbe mein neues Kleid seyn wird?

Antonie. Was und wie du es willst, nur weiter!

Ninnette. Allerliebst! Da wähle ich mir Rosataft. Ja was ich sagen wollte, — denken Sie, der Herr General sagte mir, wenn ich ihm alles verriethe, was Sie sprächen und thäten, so wollte er mir einen blanken Dukaten geben.

Antonie. Einen Dukaten nur? — Der Knauser!

Ninnette. Ja wohl! als ob ich das Mädchen wäre, das sich durch einen Dukaten bestechen ließe? — Wie leicht ist ein Dukaten überboten.

Antonie. Mach deine Sachen klug und das neue Kleid, soll dir auch ein neues Kopfzeug mitbringen.

Ninnette. Euer Gnaden verstehen doch recht, einen zum Herzen zu reden, wer könnte Ihnen was abschlagen? — Geben Sie mir nur den Brief.

Antonie. Hier. Eile dich, und komm bald wieder.

Ninnete. Es ist ja nicht weit hin, ich fliege und gewiß nicht ohne Antwort zurück. (Sie läuft ab.)

Antonie. (in nachdenkender Stellung.)

Eilfter Auftritt.

Antonie, Emilie.

Emilie. Da bin ich. — Aber du machst ja ein Gesicht, als ob du in einem Erbauungsbuche studirt hättest?

Antonie. Ach!

Emilie. Ach Tonchen! Was fehlt dir? Ich glaube, du bist verliebt?

Antonie. Verliebt sagst du? Ists möglich? — Seh ich denn so albern aus, wie ein verliebtes Mädchen?

Emilie. Zug für Zug.

Antonie. Es ist nicht wahr.

Emilie. Sieh in den Spiegel.

Antonie. Ich will mich in deinen Augen sehen. Ach ihr Grazien, steht mir bey! Es ist wahr, nein, ich bin ein dummes Geschöpf, die Augen der Verliebten sind falsche Spiegel.

Emilie. Du wirst mich böse machen.

Antonie. Das will ich nicht. Ich will dir meinen statum morbi vor Augen legen; dann urtheile. Ich bin unruhig.

Emilie. Das erste Symptom der Liebe.

Antonie. Ich weiß nicht, was ich will.

Emilie. Ganz mein Fall.

Antonie. Ich habe sogar an die Zukunft gedacht.

Emilie. Das entscheidet, du bist verliebt.

Antonie. Aber in wen?

Emilie. In den Hauptmann.

Antonie. Ich glaube es beynahe auch.

Emilie. Glaube es immer ganz

Antonie. Sieh gestern verlangte dein Vater, ich sollte den Hauptmann lieben und mir wärs nicht möglich gewesen, und wenn alles darauf gestanden hätte. Heute verbot er mir, ihn zu lieben, und nun fühle ich eine unwiderstehliche Neigung dazu.

Emilie. Ainsi vale monde!

Antonie. Was soll ich nun thun?
ten Kleidern.

Emilie. Ist das schwer zu errathen?

Antonie. Ich soll den alten Schnurbart heurathen.

Emilie. (lacht laut) Ich gratulire von Herzen.

Antonie. Albernes Mädchen! warum lachst du?

Emilie. Ist der alte Liebhaber nicht lächerlich? Ha ha ha!

Antonie. Nimmermehr werde ich ihn henrathen.

Emilie. Ich hörte alles im Kabinette, du hast nur bis Morgen Bedenkzeit.

Antonie. Was soll ich anfangen? Rathe mir!

Emilie. Guter Rath ist theuer, und bey mir gar nicht zu finden.

Antonie. Mit dir ist auch gar nichts anzufangen. Du hast grade Verstand genug, um dich zu verlieben, aber weiter auch gar keinen.

Emilie. Für ein Mädchen ist das immer genug. Hättest du nur so viel, du würdest dann fremden Rath nicht verlangen.

Antonie. Ey! — was würdest du in meiner Lage thun?

Emilie. Hätte ich einen Liebhaber, der mich so zärtlich liebte, wie dich der Hauptmann, so würde ich etwas um ihn wagen, ich würde ihn merken lassen, daß er mir auch nicht gleichgültig wäre.

Antonie. Kann ich das? — Er ist ja im Gefängnisse.

Emilie. Das Gefängniß hat auch Thüren.

Antonie. Pfuy! Ich errathe, was du sagen willst. Das wäre ein häßlicher Gang.

Emilie. In meinen Augen lange nicht so häßlich, als der Gang zur Trauung mit dem Rittmeister.

Antonie. O weh! o weh! Ist kein Mittelweg.

Emilie. Ich würde mir einen charge d'affaires wählen.

Antonie (nimmt sie beym Kopf und küßt sie) Herrliches Mädchen du hast Verstand, wie ein Engel.

Emilie. Nur so viel, als ein Mädchen braucht, um sich zu verlieben.

Antonie. Das heißt: mehr als alle Männer, denn nur ein Mädchenverstand ist fähig, eine Liebesintrike mit grace auszuführen. Aber wo gleich einen charge d'affaires finden, der esprit du jeu hat?

Emilie. Der gordische Knoten!

Antonie. Schon gelößt — dein Baron.

Emilie. Holla, das geht nicht.

Antonie. Warum nicht?

Emilie. Was würde mein Vater dazu sagen?

Antonie. Soll der es wissen?

Emilie. Er würde es erfahren.

Antonie. Ach nein.

Zwölfter Auftritt.

Baron, die Vorigen.

Baron. Meine Damen — ich —

Antonie. Sie sind unser gehorsamer Diener, das wissen r 'r schon.

Emilie. Pfui Täubmchen! wer wird den Leuten so in die Rede fallen? Wie gehts lieber Baron?

Baron. Sehr gut, — ich habe mit Ihrem Herrn Vater gesprochen.

Emilie. Darf man wissen worüber?

Baron (küßt ihr die Hand) Kann ich jetzt von etwas andern sprechen, da ich nichts denke, als an Sie.

Emilie. Und was sagte mein Vater?

Baron. Daß es blos von Ihnen abhinge, mich zum glücklichsten Manne zu machen, — und ich hoffe — —

Antonie. Ich hoffe, Sie werden mich gern dazu machen, — nicht wahr, das wollten Sie sagen? Was für eine unverschämte Nation die Liebhaber sind, wenn man ihnen einmal zu hoffen erlaubt hat?

Baron. Gnädiges Fräulein, Sie sind übler Laune?

Emilie. Lassen Sie ihr das, Baron, — Sie ist ärgerlich, weil sie nicht so geschwind, als sie wünscht, jemand alle Hofnung geben kann.

Antonie. Emilie, du wirst boshaft.

Emilie. Du bringst mich dazu.

Baron. Sollte es wahr seyn? Der Herr General sagte mir, wir würden Sie bald als Braut sehen, und dem Rittmeister von Rummert Glück wünschen können.

Antonie. Ich falle in Ohnmacht, wenn Sie den abscheulichen Namen noch einmal nennen.

Baron. Ich bedaure Sie, mein Fräulein, wenn die Sache so steht.

Antonie. Wollen Sie mir einen wichtigen Dienst leisten?

Baron. Sehr gern, wenn ich kann.

Antonie. Eine alberne Antwort; „wenn ich kann‚‚ Ohne Bedingniß, oder rund abgeschlagen, — wählen Sie!

Baron. Ich bin zu Ihrem Befehl.

Antonie. Nun, dann gehen Sie zum Hauptmann von Wimberg, er ist im Arrest.

Baron. Was soll ich dort?

Antonie. Mühmchen, was soll er denn dort?

Emilie. Ihm deine Heurath mit dem Rittmeister bekannt machen.

Antonie. Nein, davon darf er nichts wissen. Sagen Sie ihm — Emilie — rede du doch.

Emilie. Nun so sagen Sie ihm, daß Antonie bis über die Ohren in ihn verliebt sey.

Antonie. Spotte ein andermal! — Sagen Sie ihm, daß mir der General verboten hätte, an ihn zu denken, daß er mich zwingen wollte, einen andern zu heurathen, aber ich würde ihm nie — nie folgen, lieber wollte ich jedem andern Vorschlag Gehör geben.

Emilie. Das ist deutlich und bündig.

Baron. Und das soll ich ihm sagen? Ich, der ich alle Hoffnung hegen darf, durch die Hand der liebenswürdigen Emilie des Generals Sohn zu werden? — Das kann nicht seyn.

Antonie. Es kann nicht seyn! O ich werde noch den Verstand verlieren. Baron, Sie sind ein gewöhnlicher — — Mensch, stehen so lange ganz zu Befehl, bis man etwas von Ihnen fordert.

Baron. Können Sie mir zumuthen, mein Glück zu verscherzen?

Antonie. Emilie wird Ihnen nicht das von laufen.

Baron. Emilie ist ihre Freundinn, aber der General —

Antonie. Ist ein Bär, ein Wolf, — ein Unthier.

Emilie. Antonie, besinne dich, von wem du sprichst.

Baron. Sie sind außer sich, Fräulein! Damit Sie sehen, daß ich gerne alles für Sie thun wollte, so hören Sie, was ich thun kann. Ich will alles anwenden, daß ich den Hauptmann auf eine Stunde in mein Haus bekomme, — Sie können da eine Zusammenkunft mit ihm haben.

Antonie. Ich eine Zusammenkunft? — Mir graut vor dem bloßen Worte. Das kann ich nicht.

Baron. Ich weiß sonst keinen Weg weiter, darein mischen darf ich mich nicht, — Was ich thue, ist schon viel gewagt.

Antonie. Antonie eine Zusammenkunft? — Unmöglich!

Emilie. So laß es bleiben, und heurathe den Rittmeister.

Antonie. O ihr unbarmherzigen Menschen.

C

Emilie. Morgen bist du Braut.

Antonie. Nun, so seys.

Emilie. Du willst den Schnurbart?

Antonie. Nein, ich will hingehen. — Aber wie soll ich hinkommen?

Emilie. Das ist ganz leicht. Zur Hinterthür hinaus, zur Hinterthür hinein. Es sind ja nur einige Schritte.

Antonie. Ein Frauenzimmer durch die Hinterthür zu einem unverheuratheten Manne?

Emilie. Verkleide dich.

Antonie. Ja das will ich. Wahrhaftig, jetzt fängt die Geschichte an, interessant zu werden. Komm fort! Eilen Sie sich, Baron, und holen Sie mich dann von Emiliens Zimmer ab, denn allein kann ich nicht gehen.

Baron. Ich werde alles in größter Eile besorgen.

(Antonie und Emilie gehen ab.)

Baron. (allein) Es ist doch ein sonderbares Ding um das Herz eines Weibes, man darf nur verbieten, um für das, was ihnen gleichgültig war, das heftigste Verlangen zu erregen. Was sie sollen, ist ihnen unausstehlich, was sie nicht sollen, reitzend. Wahrhaftig, für einen Mann ist diese Erfahrung nicht sehr angenehm. Die Aussicht in den Ehestand wird dadurch sehr verfinstert. Gut ists, daß jeder Heurathsluftige seine eigene Brille trägt, wodurch er seine Zukunft beschaut. Ich sehe durch das Zauberglas der Liebe, das zeigt mir Emilien, wie ich sie wünsche, — schlägts fehl, so hatte ich doch wenigstens den Genuß des gegenwärtigen Augenblicks. Jeder andere Stand, dem man sich weiht, hat seine Probejahre, nur der Ehestand hat kein Noviziat, da heißts blind zugegriffen in den Glückshafen: unter tausend Nieten ist kaum ein Treffer und doch glaubt jeder Verliebte einen erhascht zu haben, — und im Grunde sind die meisten Weiber von einem Schlage.

Dreyzehnter Auftritt.

Baron, General.

Baron. Herr General haben Sie die Güte, mir zu sagen, wo ich den Hauptmann finde, ich habe ein dringendes Geschäft an ihn zu bestellen.

General. Er ist hier im Hause, doch als Geheimniß, versteht sich.

Baron. Ich bin Abgesandter Ihrer Nichte, meine Vollmacht erstreckt sich sogar bis auf eine Zusammenkunft.

General. Zum Teufel! — Eine Zusammenkunft?

Baron. Sie entschloß sich ungern dazu, aber des Rittmeisters Schnurbart hat sie so in die Enge getrieben, daß man sie zu allen bereden konnte.

General. Was halten Sie von meiner Weiberkenntniß?

Baron. Sind Sie schon lange im Besitze derselben?

General. Grade seit der Epoche, wo sie mir nicht viel mehr nützte.

Baron. Das ist?

General. Ein Jahr nach meiner Verheurathung, also grade 12 Monate zu spät. Glauben Sie mir, Baron, eine Frau ist der Probierstein der Philosophie. Ich behaupte, daß Sokrates, ohne die theure Xantippe kein halb so grosser Philosoph geworden wäre.

Baron. Herr General — diese Behauptung in meiner Gegenwart —

General. Was schadets? Ich sage Ihnen vorher, was Sie bald erfahren werden.

Baron. Sollte es keine Ausnahme geben,

General. Ausnahme? Ha ha ha! Nehmen Sie ein Stück Zeug und lassen Sie Kleider aller Art davon machen, da giebts vielerley Formen, aber der Grundstof bleibt immer der nämliche.

Baron. Sie sind ein Weiberfeind.

General. Je bewahre! Es geht mir mit den Weibern, wie mit den englischen Gärten; ich sehe Sie bey andern recht gern, aber meinen Grund und Boden mag ich damit nicht verderben.

Baron. (im Begrif zu gehen.) Sie werden verzeihen, das Fräulein hat mir Eile befohlen.

General. Gehen Sie nur, ich will den Hauptmann schicken. Er soll auch den Ehekontrakt mitbringen.

Baron. So rasch wird das nicht gehen.

General. Es wird rasch gehen, sage ich Ihnen, oder es geht gar nicht. Nur immer mein Verboth und den Rittmeister in Erwähnung gebracht.

Baron. Das will ich.

General. Ich schliesse dann den Spas. — Gehen Sie.

Baron. Herr General, darf ich Sie noch einmal an mein Anliegen erinnern?

General. Haben Sie mit Emilien gesprochen?

Baron. Ja, und ich kann hoffen.

General. Nun, da werden wir keine Kriegslist nöthig haben. Seyn Sie ruhig, Sie sollen bald Ihren Zweck erreichen, ich wünschte nur, 's wäre ein besserer, als eine Frau.

Baron. Für jetzt bin ich mit diesem zufrieden.

General. Werden auch genug daran haben. — Auf Wiedersehn, Baron.

Baron (geht ab.)

General. Wenns glückt, so werde ich doch einmal die Weiber los. (er klingelt.)

Ludwig. (kömmt.)

General. Ludwig, geh in mein Schreibzimmer, und sag dem Hauptmann, er solle zu mir kommen, die kleine Treppe herauf.

Ludwig. (geht ab.)

General. Und wenn ich noch zehn Nichten hätte, es sollte mir keine mehr ins Haus.

Vierzehnter Auftritt.

General, Ninette.

Ninette. (kömmt eilig einen Brief in der Hand.) Ach! (sie sieht den General, und verstummt erschrocken.)

General. Woher so eilig, Jungfer Ninette? — Was ist das für ein Brief?

Ninette. Ach, ich komme vom Schneider, dies ist kein Brief sondern eine kleine Rechnung;

General. Die ich doch auch gerne durchsehen will.

Ninette. Ach nein; es ist ganz unbedeutend, blos für Zwirn, Seide, Fischbein und dergleichen.

General. Ich wills sehen.

Ninette. Unmöglich!

General. Das Papier her, oder ich werde Gewalt brauchen.

Ninette. Ach seyn Sie doch nicht so unbarmherzig!

General. Das Papier her! (er reißt es ihr aus der Hand und liest:) Ach Spitzbübinn! Das ist eine schöne Rechnung! Meiner wird darinn auch in allen Ehren gedacht. Hab ich dich nicht zu meinen Spion erkauft? Du Meerkatze!

Ninette. Hören Sie mich, gnädiger Herr!

General. Wollte ich dich nicht mit einem blanken Dukaten bezahlen?

Ninette. Ja, aber — —

General. Nun, aber — —?

Ninette. Ja sehen Sie, gnädiger Herr, wenn etwas einmal feil ist, so wird es dem Meistbietenden zugeschlagen. Sie erkauften meine Dienste mit einem Dukaten, — Fräulein Antonie überbot sie weit, — ich blieb also auch dem Meistbietenden.

General. Du bist eine ausgelernte Hexe. Was sollte es mit dem Briefe?

Ninette. Da sie einmal so viel wissen, will ich mit dem übrigen auch nicht geheim thun. Den Brief gab mir Fräulein Antonie, um ihn an den Hauptmann zu bestellen, ich flog nach dem Gefängniß — und der Profoß, der Schlingel, lachte mich aus; — so wie ich da stehe, lachte er mich aus. Ich behauptete, der Herr Hauptmann müsse bey ihm seyn und er behauptete es sey nicht wahr; — wir stritten lange, endlich lief ich aus Bosheit fort. Wirklich, gnädiger Herr, der Profoß verdient Strafe. Nicht einmal zu wissen, wie man ein Frauenzimmer behandelt.

General. Ich denke, ich werde dich auf ein halbes Jahr zu ihm schicken, damit er es lernt, und bey einer andern Gelegenheit weiß, was er zu thun hat.

Ninette. Mich zum Profoßen? Mich? Ja, das wäre eine feine Geschichte. Wir Mädchen lassen uns nicht so mir nichts, dir nichts einsperren, wie die Soldaten. Mir wäre kein Schloß zu fest; — ich würde Mittel zu meiner Befreyung anwenden, worüber Sie erstaunen sollten.

General. Ey, ey, wir wollen doch sehen. Sieh, jetzt bist du mir grade im Wege, ich will also einmal eine Probe mit dir anstellen. (er klingelt)

Ludwig. (kömmt.)

General. Ludwig, hier Ninette ist deine Gefangene, laß sie nicht entwischen, und ja mit Niemand sprechen, hörst du? — Du mußt dafür stehen.

Ludwig. Schon recht, gnädiger Herr, ich will Sie in den leeren Kleiderschrank sperren, und Schildwacht dafür stehen.

General. Ein Dukaten ist deine Belohnung.

Ninette. (zu Ludwig.) Mich einsperren willst du, — du Esel? Komm mir nur zu nahe, ich kratze dir die Augen aus.

Ludwig. Will dir's schon vertreiben. (er faßt ihre Hände zusammen, und trägt sie fort. — Ninette schreit.)

Funfzehnter Auftritt.

Der General und der Hauptmann, welcher zur Seite hereinkömmt.

Hauptm. Was befehlen Sie?
General. Ich habe Ihnen viel zu sagen.
Hauptm. Tod oder Leben?

General. Das kann ich so eigentlich nicht bestimmen. Gehen Sie jetzt gleich zum Baron Ottenthal.

Hauptm. Was befehlen Sie, daß ich dort soll?

General. Tod oder Leben holen.

Hauptm. Soll er mir mein Urtheil sprechen?

General. Er nicht: eine dritte Person: — meine Kriegslist gelingt.

Hauptm. Wär es möglich!

General. Ja doch, es ist möglich, sag ich Ihnen. Machen Sie nur, daß Sie fortkommen.

Hauptm. Ich eile.

General. Nehmen Sie mich mit. — Erst muß ich Ihnen etwas geben, das Sie dort brauchen können.

Hauptm. Das ist?

General. Das kann ich wieder nicht bestimmen. Ein Papier, — in Ihren Augen ein Ehekontrakt, in den meinigen — ein Leichenkarmen.

Hauptm. Einen Ehekontrakt? Sollte ich den brauchen können?

General. Nach Belieben.

Hauptm. Wäre Antonie entschlossen?

General. Wenn Sie es sind.

Hauptm. O dann lassen Sie mich nicht länger hier verweilen.

General. Also in den ewigen Krieg galoppiren.

Hauptm. Herr General! —

General. Ich will Sie nicht aufhalten. Nach einem Jahre, auch wohl noch früher, hoffe ich, werden Sie mir ein geneigtes Gehör verleihen. Kommen Sie. (Beyde ab.)

Sechszehnter Auftritt.

Ein Zimmer mit drey Thüren bey dem Baron Ottenthall.

Der Baron. Antonie in Offizierkleidern.

Baron. Nun sind wir zur Stelle, schöner Krieger.

Antonie. Mir ist, wie manchem Krieger der gerade Herz genug hat, einen Haasen zu schießen.

Baron. Wo ist Ihr Muth?

Antonie. Zu Hause, in meinen abgelegten Kleidern.

Baron. Was wollen Sie denn thun, wenn der Hauptmann kömmt?

Antonie. Ich glaube fortlaufen.

Baron. Fortlaufen, mit dem Degen an der Seite?

Antonie. Eben darum. Seit ich die Uniform trage, hab ich kein Herz.

Baron. Vermuthlich steckte ehedem ein Haase darinn?

Antonie. Mein Vetter, der das Schlachtschwerdt gegen den friedlichen Gerichtsstab eines Oberamtsraths vertauschte. Rathen Sie mir, was soll ich thun?

Baron. Ich an Ihrer Stelle würde sogleich meine Hand dem Hauptmann geben.

Antonie. Wie? Ich sollte meine theure Freyheit so wegschleudern? Sollte auf alle Annehmlichkeiten eines langen Brautstandes, der letzten glücklichen Zeit Verzicht thun?

Baron. Der General wird nie seine Einwilligung zu einer Verbindung mit dem Hauptmann geben. Ist aber das Band schon geknüpft, so muß er wohl. Wie er sich ärgern wird!

Antonie. Aergern? — Wird er das? Ja er wird es. Ich will heurathen. Er wird sich ärgern, geschwind Baron, einen Mann her, der sich heurathen läßt.

Baron. Ist es Ihnen denn so einerley, mit welchem Manne Sie Ihre Rache befriedigen?

Antonie. Einerley? Nein, so ganz doch nicht. Der Hauptmann hat wirklich viele liebenswürdige Eigenschaften, und daß mir der General verbot, ihn zu heurathen, ihn zu lieben, macht ihn zum liebenswürdigsten Manne in meinem Augen.

Baron. Der Ursprung ihrer Neigung ist also dem Hauptmann doch nicht sehr schmeichelhaft.

Antonie. Schmeichelhaft? Als ob ich einen Mann schmeicheln wollte? — Nein, Baron, sagen will ich ihm, warum ich ihn so eilig heurathen will.

Baron. Das thun Sie nicht! Ich wette, er nähme dann Ihre Hand nicht an; er will bloß um seiner Selbst willen geliebt seyn.

Antonie. Possen! Ein jedes Mädchen liebt um ihres eigenen Selbst willen, und so auch jeder Mann. Er will mich, es muß ihm also gleichgültig seyn, wie und warum er mich bekömmt.

Baron. Ich glaube nicht, ich kenne seine Delikatesse.

Antonie. Hm — ein seltner Fall.

Baron. Aber ganz der seinige. Lieben Sie ihn nicht?

Antonie. Lieben? — Als ob ich mir je gestehen würde, daß ich verliebt wäre?

Baron. Ich höre ein Geräusch, sicher ist es.

Antonie. Lieber, bester Baron, verlassen Sie mich nicht! Ich bin ganz hin.

Siebenzehnter Auftritt.

Die Vorigen, der Hauptmann, Antonie wendet ihr Gesicht auf die Seite.

Baron. Ich danke Ihnen, lieber Hauptmann, daß Sie meine Bitte erfüllt haben. Ich stelle Ihnen hier meinen jüngern Bruder vor; wenn Sie ihn näher kennen lernen, werden Sie ihn Ihrer Freundschaft werth halten. — Nun junger Herr, den Kopf herum, Hauptmann vom Wimberg wünscht das Gesicht zu sehen.

Antonie. Herr Hauptmann, was werden Sie denken?

Hauptm. Daß ich glücklicher bin, als ich je zu werben hofte.

Antonie. Ey, wer hat Ihnen denn das gesagt?

Hauptmann (küßt ihr die Hand) Ihr Hierseyn.

Antonie. Daraus schließen Sie also?

Hauptm. Daß Sie dem zärtlichsten Liebhaber Gerechtigkeit wiederfahren lassen.

Antonie. Baron, sagen Sie mir doch, was der Mann schwatzt?

Hauptmann (bittend) Antonie, nicht in diesem Tone.

Antonie. Was verlangen Sie denn von mir?

Hauptm. Die Erlaubniß Sie ewig lieben zu dürfen.

Antonie. Kann ich das erlauben?

Hauptm. Daß ich Ihre Gegenliebe hoffen darf?

Antonie. Eine starke Forderung.

Baron. Quälen Sie ihn nicht länger.

Antonie. Quäl ich ihn denn?

Hauptm. Antonie, Sie haben nie geliebt.

Antonie. Woher wissen Sie das?

Hauptm. Sie würden sonst Mitleid mit mir haben.

Antonie. Und daraus folgt?

Hauptm. Sie würden mich wieder lieben.

Antonie. Aus Mitleid? — Fordern Sie weniger.

Hauptm. Versprechen Sie mir, mich einstens zu lieben?

Antonie. Immer noch zu viel. Noch weniger.

Hauptm. So heurathen Sie mich.

Antonie. Abscheulicher Mensch! Mir das so grade ins Gesicht zu sagen.

Hauptmann (knieet vor ihr) Antonie! Geben Sie mir Ihre Hand.

Antonie. Aufgestanden. Sie sind Hauptmann, mein Rock ist nur Fähndrich.

Baron. Fräulein, die Zeit vergeht.

Antonie. Eine grosse Neuigkeit.

Baron. Wenn der General erfährt —

Antonie. Wieder der General. — Nun Hauptmann, ich will Ihnen meine Hand geben, — mit Bedingnissen.

Hauptm. Welche?

Antonie. Daß Sie immer die Ursache vor Augen behalten, warum ich Ihre Frau wurde.

Hauptm. Und diese ist?

Antonie. Mein Onkel will mich an den Rittmeister verheurathen, er verbot mir, Sie zu lieben, — an Sie zu denken, — ich heurathe Sie aus Rache, — hier ist meine Hand.

Hauptm. So kann ich sie nicht annehmen.

Antonie. Warum?

Hauptm. Weil es zu demüthigend für

mich ist, mein Glück nur Ihrer Rache zu verdanken. Bey diesem Gedanken würde ich nie glücklich seyn, besser also, ich bleibe, wie ich bin.

Antonie. Unerträglicher Mensch!

Baron. Lassen Sie den Grillenfänger, und suchen Sie sich einen andern.

Antonie. Ich will aber keinen andern.

Baron. Bravo! Bravo! Jetzt Hauptmann, werden Sie keinen Anstand mehr haben.

Hauptmann (küßt Antonien entzückt die Hand:) Meine Antonie!

Antonie. Himmel! Was hab ich gesagt! — Baron, was hab ich gesagt?

Baron. Daß Sie den Hauptmann liebten.

Antonie. Hab ich das? — Ich widerrufe.

Baron. Wortbrechen in einer Uniform?

Antonie. Die verdammte Uniform.

Hauptm. Enden Sie, theuerste Antonie.

Antonie (reicht ihm mit weggewandtem Gesicht die Hand.) Da!

Hauptm. Ewigen Dank und die Versicherung, daß Sie diesen Schritt nie bereuen sollen.

Antonie. Ach!

Baron. Ich freue mich der erste zu seyn, der Ihnen von Herzen Glück wünscht.

Antonie. Aus Rache wünsche ich Ihnen auch bald ein solches Glück.

D

Baron. Ich hoffe es.

Hauptmann (zieht ein Papier aus der Tasche) Hier meine Antonie, — der Kontrakt; — thun Sie nichts halb! — unterschreiben Sie!

Antonie. Ich glaube, Sie haben Kontrakte vorräthig.

Hauptm. Nur diesen einzigen.

Antonie. Sie kamen also in der Absicht her, mich zu fangen?

Baron. Unterschreiben Sie, hier auf diesem Tische ist Feder und Dinte.

Antonie. Einige Federzüge, und ich bin auf ewig verlohren. — Freyheit, goldene Freyheit, dir zu entsagen!

Baron. Fräulein, Sie gewinnen bey diesem Verlust.

Antonie. Nun denn, ins Himmels Namen. — Wie meine Hand zittert. (schreibt) Nun ist geschehen; — schlechter habe ich noch nie meinen Namen geschrieben.

Hauptmann (schreibt) Und ich den meinigen nie so glücklich. Baron, ich bitte, unterschreiben Sie als Zeuge.

Baron. Das versteht sich. (schreibt.)

Achtzehnter Auftritt.

Der General und Emilie zur Seitenthür herein.

Die Vorigen.

General. Nun, ihr werdet doch für einen zweyten Zeugen auch ein Plätzchen gelassen haben? (er geht an den Tisch und schreibt.) Ich bin zwar nicht gebeten, aber mein Name steht nun auch da.

Antonie. (erschrocken.) Der General! — Wimberg, schützen Sie mich.

Hauptm. Fürchten Sie nichts, Antonie.

Emilie. Tonchen, ich wünsche dir Glück.

General. Ich auch Nichte, von Herzen, dir und mir.

Antonie. Was ist das?

General. Ja, ja, auch die klügste Maus läuft in die Falle.

Antonie. Ich verstehe Sie nicht.

General. Du hast dich in deiner eigenen Schlinge gefangen. Ha ha ha!

Antonie. Ich ahnde! — Ihr Verbot war —

General. Eine Kriegslist.

Antonie. O ich bin schändlich hintergangen! (Sie läuft nach dem Kontrakt, der Baron nimmt ihn weg.) Lassen Sie mich den elenden Wisch zerreissen.

General. Nichte sey klug, oder jetzt wird Ernst, was vorher nur Scherz war.

Hauptm. Erlauben Sie Herr General; — Fräulein Antonie, — ich will der List nichts zu danken haben; Sie sind frey.

General. O, über den Thoren!

Antonie. Bin ich wirklich frey?

Hauptm. Sie sinds.

Antonie. Aber der Kontrakt?

Hauptm. Wird zernichtet. (er nimmt ihn vom Baron, und giebt ihn an Antonien.) Schalten Sie nach Ihrem Belieben damit.

Antonie. (nimmt den Kontrakt, sieht ihn eine Weile an, darauf die Umstehenden, dann wirft sie ihn den Hauptmann zu.) Da Wimberg, das erste Geschenk von Ihrer Braut. — Die Kriegslist hatte ihn verfertigt, die Liebe genehmigt ihn.

Hauptm. Jetzt erst fühle ich, daß ich glücklich seyn werde.

General. Nichte, das war klug: noch einige Duzend solcher Streiche, und ich setze die Weiber wieder in alle Würden und Ehren ein.

Antonie. Ich konnte Ihnen doch den Spaß nicht verderben, lieber Onkel; — die Kriegslist wäre nun abgethan, Sie werden doch auch Ihre Handlanger belohnen?

General. Du erinnerst mich. (er giebt Emiliens Hand dem Baron.) Sind Sie so belohnt?

Baron. So könnte der mächtigste Monarch nicht lohnen.

Antonie. Baron, meinen Glückwunsch! — Aus Rache versteht sich.

General. Nun Hauptmann, hab ich's nicht gesagt, der Sieg ist unser? Wir rufen Viktoria!

Der Vorhang fällt.